그대 위한 사막

그대 위한 사막

김시화 시조집

초판 인쇄 2017년 03월 15일
초판 발행 2017년 03월 20일

지은이 김시화
펴낸이 신현운
펴낸곳 연인M&B
기 획 여인화
디자인 이희정
마케팅 박한동
홍 보 정연순
등 록 2000년 3월 7일 제2-3037호
주 소 05052 서울특별시 광진구 자양로 56(자양동 680-25) 2층
전 화 (02)455-3987 팩스 (02)3437-5975
홈주소 www.yeoninmb.co.kr
이메일 yeonin7@hanmail.net

값 9,000원

ISBN 978-89-6253-196-1 03810

그대 위한 사막

김시화 시조집

인생의 대부분은 풀도 없는 사막이었다
낮이면 폭염 속을 힘겹게 걸어가고
밤이면 혹한 속에서 별을 보며 울었다

연인M&B

| 시인의 말 |

제가 살아온 삶을 돌이켜 보면
건조한 모래사막을 걸어가는 느낌이었습니다.
하지만 가슴속에 별을 그리면,
그 바람으로 시원한 오아시스를 노래할 수 있었습니다.
그 별이 제게는 시조였습니다.

2017년 새봄
김시화

| 차례 |

2부 청령포

3부

폭풍의 언덕

4부

그대 위한 사막

1부

나를 치유하는 안개

나를 치유하는 안개

밤안개 소리 없이 자욱이 밀려오고
불면의 밤 지새다 너무나 지쳐 버려
가만히 안개 속으로 지친 몸을 넣는다

치유가 불가능한 듯 보이는 몸이지만
안개는 기적처럼 기운을 불어넣고
망가진 고철덩이를 용광로에 녹인다

안개는 액체로 다시 합친 새 몸에
바람을 불어넣어 형태를 완성한다
눈부신 치유의 힘에 등대불이 켜진다

은하수

늦은 밤 잠이 깨어 멍하니 어둔 방을
뒹굴다 마당으로 나가서 별을 본다
하늘에 뿌옇게 켜진 안개 강이 흐른다

고독의 향연인가 적막의 노래인가
너무나 순수해서 찬란한 슬픔이다
가슴 안 깊숙한 곳에 별빛 하나 켜진다

달빛에 물든 안개

흐느끼는 달빛 아래 안개로 피어나는
서글픈 추억 속 애달픈 사랑은
달무리 한가운데서 날고 있는 외기러기

안개에 젖은 달빛이 슬픔 되어 밀려들면
오래전 묻어 둔 옛 사랑의 파편들이
그리움 한가득 안고 꽃이 되어 피고 진다

빗소리에 추억이 되살아와 춤을 추고
향기 어린 그대 영상 가슴속 노을 되어
달빛과 안개의 노래로 붉은 꽃잎 타오른다

안개

비 젖은 노을 너머 물안개 가득 차면
보고픈 당신 모습 안개꽃 피어나네
사랑은 안개의 향기 그리움의 목소리

시

하루가 저물면 지쳐 버린 몸과 맘을
시 한 수 읽어 보며 가벼이 달래 본다
시가 된 내 마음 별이 탄생하여 빛난다

꽃잎

꽃잎에 대롱대롱 맺혀 있는 이슬방울
마음에 단단하게 뭉쳐 있는 얼음덩어리
이슬을 매일 마시며 맺힌 한을 풀리라

밤에 핀 꽃잎의 속눈썹에 별을 달고
꽃 속에 누워서 편안하게 쉬리라
별이 된 소년 이야기 은하수를 울린다

자유

매일 난 생각한다 자유로운 삶의 의미를
자유는 스스로에 의하여 만들어진다
언제나 꿈꾸는 인생 그 향기가 아름답다

외롭던 삶 속에서 빛 한 줄 움켜잡고
서럽던 그림자에 그 빛을 비추리라
자유의 아름다운 빛 새가 되어 날리라

봄기운

봄기운 가득 느껴 겨우내 움츠렸던
몸과 맘 기운 내어 기지개를 활짝 편다
잔인한 동사(冬死)의 기억 아지랑이 피어난다

긴 추위 끝나지 않을 듯한 절망들
마지막 잎새 같은 길었던 하루하루
두터운 얼음을 깨는 봄기운의 몸부림

설경

마을에 하얀 눈이 살포시 쌓여 가네
눈꽃이 피어나서 온 동네 꽃밭이고
아이들 자기 키만한 눈사람을 만드네

눈부신 설경 속에 강아지 컹컹 짖고
나무에 가득히 쌓여 있는 하얀 눈들
바람이 불어올 때면 춤을 추며 흩날리네

상실감

살아도 산 것 아닌 지독한 상실감은
밤마다 봄꽃으로 피어나 계절이
바뀌는 들판에 앉아 긴긴밤을 흐느낀다

벼랑 끝 홀로 서서 날개를 펼쳐본다
날기엔 부족함을 알지만 타오르는
마음의 날갯짓하며 절망감을 잊는다

비상

언 땅에 묻혀 있던 우울함이 땅을 뚫고
지상에 피어올라 한 송이 꽃이 핀다
산고의 기나긴 세월 모진풍파 넘었다

꽃망울 맺혀 있는 번뇌의 긴긴 세월
눈물이 아롱져서 옥구슬 되었으니
인내의 달콤한 열매 태양처럼 빛난다

언제나 구슬펐던 한 맺힌 지난 세월
사는 것이 죽음보다 힘들고 사무쳤다
비상의 힘찬 날갯짓 새가 되어 웃는다

문학 1

문학은 천사의 소리 악마의 유혹이다
문학은 선악이 공존하는 깊은 늪
시인을 중독시켜서 글을 쓰게 만든다

문학 안엔 희망과 절망이 공존한다
문학은 천사이고 악마이다 끝없는
혼돈과 고뇌 속에서 쾌락 한 줌 찾는다

문학 2

긴 우울 짧은 행복 다시 또 길고 긴 권태
생활에서 무력한 자신을 발견할 때
일탈의 광기 하나를 찾아내서 달린다

문학은 나의 길 의무이고 생명이다
쓰다가 책상 위에 엎드려서 죽는 것이
나에겐 소원이면서 의미이고 꿈이다

문학 3

영감이 막혀 가고 영혼이 지쳐 가면
글 한 줄 떠올리기 너무나 어렵다
파김치 몸 안에서는 탄식 소리 흐른다

한겨울 얼어붙은 나무의 숨소리가
진달래 핏물처럼 서럽게 온몸을
물들여 문둥이처럼 꽃잎 물고 울었다

문학 4

떨어진 꽃잎의 절규가 들려온다
한계를 넘어서려는 애타는 몸부림
어두운 깊은 늪 속에서 허우적대는 몸부림

무한의 공포가 밀려와서 주저앉아
서럽게 울고 있다 아무도 찾지 않는
글 속에 몰래 숨어서 불안감을 떨친다

문학 5

절망이 깊어 간 밤 그대가 옆에 있어
뼈 시린 아픔에도 꿋꿋이 견디었다
한 줄기 빛으로 서서 지탱해 준 글의 힘

맥없이 살아가던 초라한 삶의 변경
그대와 만나면서 의미가 생겨났다
한 줌의 글의 씨앗이 마른 밭을 적셨다

쓴다는 것

나에게 쓴다는 건 본능의 외침이다
무언가 기대하고 쓰지 않는 원시의 욕망
정신적 자유 속에서 삶의 소리 듣는다

나에게 쓴다는 건 생활의 일부일 뿐
대단한 그 무엇이 존재하는 건 아니다
일상의 행위를 통해 행복감을 얻고 있다

쓸 수 있는 진정한 은총만으로 충분히
만족감을 향유한다 더 이상 바라는 건
욕심이라 생각해서 마음 안을 비웠다

봄의 여인

햇살이 춤을 추는 봄날에 만난 여인
화사한 목련처럼 어여쁜 미소 지며
빛나는 봄의 축복을 안겨 주는 그 여인

사랑의 몸짓으로 겨우내 얼어 있던
마음을 녹여 주고 뜨거운 입맞춤 속에
내 안에 피어오르는 꽃내음이 황홀하네

내 몸은 햇빛이 되어

내 생각나거들랑 밤하늘 쳐다봐요
당신이 볼 때마다 유성 되어 떨어질께요
하늘에 나직이 켜든 불빛으로 있어요

날 안고 싶으시면 햇살로 안길께요
따뜻한 온기로 당신 품에 안길께요
내 몸은 햇빛이 되어 당신 곁을 맴돌아요

겨울 이야기

화롯불 피워 놓고 식구들이 모여 앉아
할머니 옛이야기 고소한 감자 같다
밤새워 흰 눈이 내려온 마을에 쌓인 눈꽃

토끼를 잡으려고 철사로 덫을 놓고
허름한 앉은뱅이 스케이트 신명난다
개구리 잔뜩 잡아서 보약 삼아 먹었다

환상 속에 핀 꽃

술 한 잔 양귀비와 꿈같이 마셔 본다
눈꽃이 피어올라 풍류에 빠져든다
그녀는 눈이 만들어 낸
환상 속에 핀 꽃이다

황진이 세월을 거슬러서 찾아왔다
그녀의 향기는 역사를 넘어서고
내 옆에 다소곳이 앉아
한 잔 술을 따른다

환상이 짙어지고 그녀는 시를 읊는다
깊어진 감동 속에 그녀를 안고 술 마신다
꿈 같은 운우지정에
깊은 샘이 흐른다

내 향기를 찾으리

향기가 사라져 버린 삶이란 서러웁다
꽃들은 외모만큼 향기도 아름답다
밤이슬 듬뿍 맞고서 기지개를 펴리라

한동안 사람의 향기 없는 삶이었다
내게서 떠나 버린 그것을 찾으리라
장미꽃 몸내음처럼 매혹적인 그 향기

눈 내리면 눈의 향기 비 오면 비의 향기
안개의 향기처럼 신비한 사랑 향기
여인의 어여쁜 향기 그 속에서 잠들리

문학 6

이치를 초월하는 문학의 깊음이여
생사를 넘어서고 세월을 오고 간다
예술의 나그네 되어 넓은 바다 걷는다

문학 7

절망적인 우울감도 번뇌의 깊은 밤도
삶 속에 함께 가는 그림자다 편안하고
즐거운 시간은 잠시 인생길은 힘들다

죽음이 끝이던가 새로운 시작이던가
알 수 없는 세계에서 인간은 나약하다
풀어도 풀리지 않는 수수께끼 미망이다

오직 하나 분명한 건 무언가 쓴다는 것
쓸 수 있는 행복은 강렬한 기쁨이다
내 인생 최고의 가치는 문학 속에 숨 쉰다

문학 8

천재의 아픔인가 아이의 노래인가
너무도 순수해서 찬란한 슬픔이다
여리고 여린 영혼의 가슴 안에 삭힌 언어

문학 9

상식과 비상식 평범함과 비범함
문학은 평범함과 비범함이 합쳐져서
상식을 넘어 버리는 비상식적 세계다

문학 10

인생은 외롭고 문학도 그러하다
이 둘은 삶 속에서 서로를 보살핀다
이들은 영원한 친구 이상적인 한 쌍이다

상상

시골의 경치 좋은 황토길을 걸어가다
허름한 주막집에 하룻밤 묵어 간다
어여쁜 아낙네들이 술 마시자 유혹하니

농주 한 잔 주거니 받거니 교태로운
몸짓에 봄날 밤이 후끈히 달아오른다
주고받는 희롱 속에서 풍류의 밤 지샌다

인생 1

외로움도 병이 되어 한세상 시름 앓다
어느 날 소리 없이 이 세상 떠나려나
인생은 낙엽이 지는 가을날의 초상화

만남이 지난 자리 서글픈 바람 소리
이별의 흔적 남아 울고 넘는 인생 고개
가슴에 숨 쉬고 있는 그리움의 저녁놀

생이여 고독이여 이 한 몸 돛단배 타고
서편 하늘 노를 저어 한없이 흘러간다
슬픔의 은하수 물결 눈물 속에 건넌다

인생 2

취해서 휘청거린 인생길이 노을빛의
손을 잡아 비틀거린 정신이 바로 서네
강렬한 노을의 향기 숨이 막힐 황홀함

비참한 삶의 여로 끝이 없는 고통의 무게
언제나 힘들었던 하루하루 목숨 하나
지탱해 멀고 먼 길을 닳은 발로 걷는다

삶인가 죽음인가 모호한 선택의 길
바다의 등대 하나 아련히 비쳐오니
진달래 뿌리 속에서 솟아나는 봄의 힘

가을

가을밤 깊어 가고 적막감만 맴도는데
어디선가 들려오는 단풍이 물드는 소리
고요한 밤의 가운데 붉은 물이 들고 있다

풀벌레 가을바람 드높은 가을 하늘
들판엔 누렇게 콩들이 익어 가고
봄부터 흘린 땀들이 수확으로 맺혔다

설경

마을에 하얀 눈이 살포시 쌓여 가네
눈꽃이 피어나서 온 동네 꽃밭이고
아이들 자기 키만한 눈사람을 만드네

눈부신 설경 속에 강아지 컹컹 짖고
나무에 가득히 쌓여 있는 하얀 눈들
바람이 불어올 때면 춤을 추며 흩날리네

2부

청령포

청령포 1

슬픈 넋 침묵 속에 그리움 노래하고
역사의 뒤안길에 한 맺힌 탄식이여
어린 왕 세월을 돌아 새 되어 날고 있네

청령포 구석구석 숨어 있는 아픈 영혼
비 오듯 흐느끼는 관음송의 슬픈 몸짓
만고의 외로운 임금 고통 속에 떨어지니

피울음 흘러가는 서강의 눈물이여
한양을 향해 가는 분노의 푸른 서슬
원한의 핏빛 진달래 산자락에 피어 있네

깎아지른 절벽 위의 설움 맺힌 망향대를
휘둘러 돌아가는 청령포의 물길은
사무쳐 메아리 치는 통곡하며 흘러간다

청령포 진달래 1

떠나간 그대 향기 진달래로 환생하고
봄볕에 가슴 사무친 창백한 꽃잎처럼
가슴속 이루지 못한 사랑이 울고 있네

한번도 나에게 오지 않던 슬픈 사랑
진달래 붉은 피가 눈물로 떨어지고
그리운 님의 얼굴이 꽃이 되어 숨 쉬네

청령포 진달래 2

외로운 내 마음속 진달래 같은 슬픔
봄 햇살은 붉은 꽃잎 혼자서 울게 하고
서럽게 난 항상 혼자 진달래로 피었다

이 봄이 가 버리면 꿈 또한 사라진다
오로지 슬픔 속에 한해를 살아가고
진달래 붉은 핏속에 죽음 자리 찾는다

청령포에서의 삶 1

끝없는 외로움이 발목을 움켜잡고
죽어야 끝이 나는 지독한 생의 고독
언제나 서러운 마음 하늘가를 맴도네

청령포에서의 삶 2

항상 난 매일같이 외로움에 쌓인다
내 마음 깊은 곳에 모호한 공포들
그 슬픔 연무(煙霧)*가 끼어 뼈의 고통 말한다

* 연무(煙霧): 연기와 안개.

강변

긴 하루 끝이 나면 강변에 홀로 앉아
물소리 바람 소리 애잔한 저문 강에
시름을 내려놓고서 농주 한잔 마신다

세상이 날 버린들 애석치 아니하고
나 또한 세상 시름 잊고서 초야 속에
흐르는 강을 벗 삼아 마음 비운 나그네

하루가 저물듯이 자연의 속삭임에
이 한 몸 의지하여 인생을 걸어가고
삶의 길 저물어 가면 강이 되어 흐르리

벽

우리는 누구나 서로에게 벽이다
그 벽은 높이와 관계없이 삭막하다
조금씩 벽을 허물 때 소통의 문 열린다

청령포의 절망

절망의 끝에 서서 하늘을 바라본다
죽음의 옷자락이 절망보다 가볍고
공허로 가득 찬 하늘 별빛 하나 스친다

매일이 절망이고 매일이 죽음이다
절망과 죽음 사이 무게를 재어 보면
희망이 가로막아서 그 중량을 알 수 없다

오늘은 절망 속에 내일은 죽음 속에
청령포 길들마다 굴러가는 수레바퀴
절망이 역사를 돌아 나에게로 와 닿았다

이별

노을이 물든 자리 이별의 흔적 되어
별들이 속삭이는 밤하늘 수를 놓네
만남이 만들어 내는 떨어지는 유성들

긴 세월 그리움을 가슴에 움켜쥐고
흐르는 보고픔에 눈물로 둑을 쌓네
오래된 아픔의 여운 석양빛에 물드네

청령포 2

외로운 밤이 오면 관음송 그늘 밑에
홀로 서서 하염없이 하늘 보며 울었었다
죽는 날 언제이련가 희망 없는 외딴 섬

유배지 천연 감옥 목조이듯 다가오는
죽음의 핏빛 공포 유일한 친구였던
말 없는 소나무에게 맺힌 한을 쏟았다

시인

고독의 이름인가 바다의 외로운 섬
내 이름 석 자 앞에 각인된 외로움들
섬 하나 홀로이 떠서 망망대해 맴돈다

운명의 인생인가 숙명의 깊은 슬픔
하늘이 내게 주신 예인의 운명 따라
술 한 잔 입에 머금고 개똥밭을 뒹군다

청령포의 꽃잎

꽃잎에 대롱대롱 맺혀 있는 이슬방울
마음에 단단하게 뭉쳐 있는 얼음덩어리
이슬을 매일 마시며 맺힌 한을 풀리라

밤에 핀 꽃잎의 속눈썹에 별을 달고
꽃 속에 누워서 편안하게 쉬리라
별이 된 소년 이야기 은하수를 울린다

비어 있는 청령포

한동안 깊은 잠에서 깨어나고 싶지 않다
불면의 밤들 속에 무한의 공포감들
감옥의 창살에 갖힌 가엾은 내 영혼

밤이면 찾아오는 지독한 고립감들
외롭고 서러워서 소리쳐 불러 본다
빈집에 넘어져 있는 갇혀 버린 내 가슴

저물녘 청령포

저물녘 청령포에 조각배 띄워 놓고
흐르는 상처에서 나오는 붉은 피를
막으려 농주나 한잔 하염없이 마신다

삶의 길 저물어가 내 한 몸 누일 곳은
어디에 있으려나 청령포에 배를 대어
속세의 때를 벗기며 고된 짐을 놓는다

청령포의 고독

슬픔의 화염인가 활화산 눈물인가

강렬한 폭풍인가 죽음의 송가인가

운명이 만들어 낸 것 깊은 냇물 흐르네

어린 왕의 아픔인가 예술의 슬픔인가

잔인한 고독의 피 역사를 흘러내려

나에게 이슬을 적시며 붉은 피를 머금네

운명 1

살아도 산 것이 아닌 고통의 순간들만
운명의 부름받아 내 곁에 다가온다
죽음도 아파할 만큼 슬픈 운명 지쳤다

한

기가 막힌 아픔 속에 꽃잎이 울고 있다
억울하게 떨어지는 고통이 구천을
맴돌며 저승조차도 가지 못해 서럽구나

절규

눈물이 이유 없이 흘러서 괴롭다
지나간 나의 생을 돌이켜 생각하면
불쌍한 허수아비의 한이 맺힌 절규다

내 이름 석 자 위에 수많은 고통들이
스스로 풀지 못해 밧줄에 묶여 있다
밤에는 더 센 밧줄이 옭아매어 울고 만다

상사화

얼마나 그리우면 꽃으로 피어날까
살아서 이루지 못한 사랑이 안타까워
밤마다 달을 보며 그리움을 달래네

꽃잎은 잎새들을 그리워 애태우고
잎새는 꽃잎들을 그리워 애태우네
영원히 만날 수 없는 그리움의 상사화

저문 청령포

봄강에 홀로 앉아 시름에 잠겨 보고
따뜻한 바람 부는 강가를 걸어 본다
저무는 청령포 어귀에 피어나는 꽃바람

그곳의 강 물결은 세월처럼 흘러가고
우리도 강과 같아서 청령포에 혼을 씻는다
멀리서 밥 짓는 연기 강물처럼 정겹다

내 몸은 햇빛이 되어

내 생각 나거들랑 밤하늘 쳐다봐요
당신이 볼 때마다 유성 되어 떨어질게요
하늘에 나직히 켜든 불빛으로 있을게요

날 안고 싶으시면 햇살로 안길게요
따뜻한 온기로 당신 품에 안길게요
내 몸은 햇빛이 되어 당신 곁을 맴돌아요

운명 2

나에게 사랑은 허무한 번뇌일 뿐
언제나 사랑은 인생의 아픔일 뿐
내 눈에 가득 고인 건 멀어져 간 인연들

운명은 나에게 혼자를 요구했고
거스른 운명은 오래가지 않았다
내 몸에 가득찬 아픔 피눈물로 고였다

공포

가끔씩 극도의 공포가 밀려온다
이유를 알 수 없는 무서움이 달려든다
무엇이 문제인지는 나 역시도 모른다

지독한 공포들은 마음이 일으킨다
어딘가 숨어서 지내고 싶은 마음
숨을 곳 찾아다니다 무기력에 빠진다

3부

폭풍의 언덕

모든 것이 떠나간다

모든 것이 떠나간다 사랑도 삶의 행복도
가라고 안 했지만 알아서 잘도 간다
마지막 한 가닥 남은 자존심도 떠났다

모든 게 떠나갔다 남은 건 절망뿐
도저히 제정신으론 못 견뎌 술을 마셨다
지독한 삶의 통증만 추가되어 버렸다

이제 다 떠나가라 남은 건 하나도 없다
무에서 다시 시작하는 난 신생아다
기운찬 울음소리가 입속에서 나온다

선묘

언젠가 그대에게 사랑을 느꼈어요
어릴 적 우연한 책 그 만남 통해서요
외로움 잊어버려요 오직 그대 내 사랑

환생을 믿는다면 내 곁에 다가와요
매일 낮 매일 밤을 당신만 기다려요
보고파 목이 메여서 눈물만이 흘러요

어릴 적 꿈속에서 당신을 안았어요
나 환생한 의상대사 당신의 남자예요
언젠가 품고 싶었던 그대 맘을 느껴요

사랑이 이토록 깊이 그대를 꿈을 꾸게
했는지 내 가슴속 시퍼런 멍이 되어
한없는 죄책감 속에 살아가고 있어요

미칠 듯 사랑해요 오로지 선묘 당신
가슴속 타오르는 그리움 화산 불길
영원히 당신의 사랑 보답하며 살께요

극복

힘들다 생각해도 인생의 한순간이다
그 시간 지나가면 극복이 시작된다
인생은 수레바퀴처럼 돌고 돌아 흘러간다

슬픈 모습

흐르는 세월 속에 외롭고 고독해라!
아무도 알 수 없는 자신의 슬픈 모습
미소 뒤 아련히 숨어 흐느끼며 서 있다

취한 정신 1

취하라 끊임없이 무언가에 취하라
시간을 아끼는 건 취함만이 유일하다
취하는 인생의 순간 시간의 벽 넘어선다

미쳐라 무언가에 깊이깊이 미쳐 버려라
위대한 건 미침 속에서 모습을 드러낸다
미치는 열정 속에서 문학세계 옷 벗는다

취한 정신 2

삶이란 한바탕 꿈을 꾸는 일장춘몽
짧은 생 무엇이 아쉽고 허탈한가?
욕심을 던져 버리고 마음속을 비워라

허무한 일상 속에 시간이 지나간다
인생의 족쇄를 벗어나 취해 보라
시간의 허무함 속에 의미 하나 생긴다

짙은 고독

고독이 안개가 짙어지듯 붉어지면
야성이 내 몸에서 서서히 깨어난다
시뻘건 온몸의 피가 역류해서 흐른다

악마의 유혹인가 세상이 싫은 걸까?
사랑도 잃어버린 시인의 반란인가?
꿈꾸듯 시간이 간다 큰 야성의 힘이다

수줍은 시인

시인은 매일같이 수줍은 언어들을
창조해 하루하루 살아야만 되는 건가?
시인은 파괴와 창조 두 얼굴을 가진 자

언어는 파괴적인 행위가 필요하고
그것을 통해서 새롭게 창조된다
시인의 위대한 정신 우리 모두 반긴다

슬픈 넋

밤이면 절망 속에 멍하니 천장만 본다
세상의 재미라곤 눈뜨고 찾을 수 없다
너무나 오래된 고독 끝이 없이 외롭다

하루가 너무나도 길어서 황량하다
내 혼은 쓰러져서 껍데기만 남았다
비극의 징조 보이는 슬픈 넋의 한맺힘

문학 11

문학은 즐기는 것 파고들면 들수록
어렵고 힘들지만 즐기며 같이 놀 땐
속살을 다 보여 주며 환희에 젖게 한다

폭풍의 언덕

에밀리 브론테*는 무엇을 생각하며
황량한 언덕에서 외로이 살았을까?
그녀는 사랑이 없는 외톨이로 지냈다

한참을 아름다운 브론테의 향기에 빠져
그녀를 사랑하고 그녀에게 사랑받았다
그녀는 시대를 넘어 사랑했던 애가(愛歌)였다

* 에밀리 브론테: 『폭풍의 언덕』 작가로 영국 요크셔 지방에서 외로이 살았으며, 『폭풍의 언덕』은 후에 서머셋 모음이 선정한 세계 10대 소설 중의 하나이다.

행복과 창작

마음이 행복하면 문학은 어려운 건가?

즐거움이 밀려들면 나 자신은 평안한데

영감은 이상하게도 멈추어져 있구나

시인의 편안함은 창작엔 독인 건가?

쓰기 위해 일부러 고통을 찾아야 하나?

편안한 창작이란 건 존재하지 않는 건가?

유혹과의 대결

언제나 그렇듯이 유혹과의 대결은
치열한 폭풍 이는 자신과의 싸움이다
순간을 인내하여서 영원으로 나아간다

힘들고 어려워라 대결은 계속된다
한번을 삐끗하여도 천길 만길 낭떠러지
이겨도 그 순간일 뿐 시험은 다시 온다

유혹과 의지력의 기나긴 줄다리기
충동을 이겨 내야만 진정한 삶이 있다
잠시의 즐거움 뒤엔 악마가 웃고 있다

술의 향기

난 항상 술 취하면 우울의 꽃이 핀다
취할 때 피는 우울 사탕같이 달콤하다
나에겐 주신(酒神)이 주신 술의 향기 가득하다

이태백 재생하여 나에게 임하였고
김삿갓 부활하여 술 한 잔 대작한다
술 없는 적적한 세상 사막보다 황량하다

윤리적인 도덕적인 사람이 왠지 싫다
그들에겐 사막의 향내가 넘쳐난다
자유의 막걸리 한 잔 명언보다 더 좋다

외사랑 1

그대의 그림자에 언제나 묻혀 있는
난 외사랑 기러기로 일생을 살아간다
아파도 숨이 막힌다 말 못하는 여인네

그대는 운명의 길 잊혀진 전생 따라
내 곁에 다가왔다 거부해 사라지면
한 거품 파도일 텐데 불멸하는 그림자

내 인생 사랑 따라 꽃잎 하나 입에 물고
그대의 숨결 따라 평생을 호흡하리
사랑은 운명의 파도 여인네의 몸부림

외사랑 2

그대는 들으시나요 타고 타서 흔적 없이
소멸한 제 심장의 목마른 한맺힘을
이루어지지 않았던 긴 세월의 염원을

상실감

살아도 산 것 아닌 지독한 상실감은
밤마다 봄꽃으로 피어나 계절이
바뀌는 들판에 앉아 긴긴밤을 흐느낀다

벼랑 끝에 홀로 서서 날개를 펼쳐본다
날기엔 부족함을 알지만 타오르는
마음의 날갯짓하며 절망감을 잊는다

김삿갓처럼 1

삿갓에 지팡이 짚고 온 세상 돌고파라
작은 집에 갇혀 있는 새처럼 나도 역시
갇힌 채 자유를 잃고 날아 보지 못했다

대 자유인 김삿갓이 부러워 한숨 쉰다
육체와 정신의 자유 찾아 떠나고 싶다
하늘을 지붕 삼아서 한세상을 살고 싶다

김삿갓처럼 2

어디에 머물다가 어디로 떠날 건가
발길이 가는 데로 세상을 풍미한다
외로운 나그네 설움 어디 가서 풀꺼나

온 세상이 내 집이니 수많은 사연 쌓이네
여인들과 쌓은 정분 시로 써서 간직했네
지위를 막론하고서 한 줌 시로 풍자했네

짝사랑

어이할까 남모르게 사랑을 가졌으니
새처럼 울지도 못할 간절함이 들끓어
혼자서 간직하기엔 너무 벅차 숨막히네

어쩔꺼나 요사스런 마음의 흔들거림을
꽃들은 화장하고 배시시 미소 흘리는데
피지도 못할 사랑이 저 혼자서 날뛰네

혼돈

마음이 혼란하면 피곤이 밀려들고
알 수 없는 공포가 영혼을 물들인다
육체와 정신 사이에 소용돌이 맴돈다

선택과 선택 사이 혼돈이 존재하고
정의와 정의 사이 모순이 파고든다
세상에 확실한 것은 생각보다 적었다

봄의 여인

햇살이 춤을 추는 봄날에 만난 여인
화사한 목련처럼 어여쁜 미소 지며
빛나는 봄의 축복을 안겨 주는 그 여인

사랑의 몸짓으로 겨우내 얼어 있던
마음을 녹여 주고 뜨거운 입맞춤 속에
내 안에 피어오르는 꽃내음이 황홀하네

4부

그대 위한 사막

수행

매일이 수행이고 인내의 노력이다
끝없는 인고의 길 하나를 향해 있네
진리의 어여쁜 여인 해탈길에 서 있네

덧없는 욕망의 여로 그 끝은 파멸이고
무절제한 육체의 쾌락 뒤엔 아귀들이
영혼을 찢어 버리며 비수처럼 웃고 있네

절제와 무절제의 틈새에서 수행하네
유혹과 참음의 힘 사이에서 방황하고
깨달음을 허무 속에서 허무 잊고 찾았네

유혹을 이겨 내는 진리의 아름다움
본능을 자극하는 여인의 벗은 몸도
수행의 깊은 속내를 벗기지는 못하리

높으신 관세음보살 여인으로 변신해
매일 밤 농염한 살의 향기 뿜어내어
외로운 수행자 몸이 용암처럼 들끓네

보살님 끌어안고 꿈속에서 뒹굴다가
살며시 웃음 지며 합장으로 예 갖추니
신비한 염화미소(拈華微笑)로 수행자를 비추시네

여인의 향기 속에 진리의 노를 젓고
시험을 이겨 낸 몸 해탈 향해 한 발 걸으니
멀고 먼 득도의 길목 햇살 한 줌 보이네

그대 위한 사막

의미 없는 하루가 모래처럼 부서진다
이유를 알 수 없는 존재의 허무함
빈곤한 일상의 시간 또 하루가 저문다

비처럼 구름처럼 인생을 살고 싶었지만
건조한 인생길을 비도 없이 구름도 없이
사막의 낙타가 되어 터벅터벅 걸었다

인생의 대부분은 풀도 없는 사막이었다
낮이면 폭염 속을 힘겹게 걸어가고
밤이면 혹한 속에서 별을 보며 울었다

고독한 사막에선 바람이 친구였다
뜨겁고도 차가운 모래에서 부는 바람
이 세상 소식 전하며 나와 함께 웃었다

혼자인 사막

결국은 혼자인 길 사막은 진지하다
질식할 듯 작렬하는 태양빛 달아오른
모래를 걸어 나가는 낙타의 길 외롭다

사막은 내면의 길 구도의 여정이다
갈증을 인내하며 굳건히 뿌리 내린
선인장 줄기 속에서 희망의 물 찾는다

비움 1

비우고 또 비우고 비워서 재가 되라
세상을 품을 수 없다면 모든 것을
비우고 또 비워 버려 한 점 먼지 되어라

비움 2

그토록 가지고 싶어도 가질 수 없는
수많은 존재들을 스스로 포기하고
모든 것 비움을 통해 자유인이 되리라

수도

깊어진 명상 속에 아른대는 미의 실체
수도는 더 높아진 세계로 이끌었다
마음은 현실을 넘어 정신으로 춤추고

어느 날 깨닫게 될 피안의 실제 모습
고행의 흔적 따라 나 자신 재생하고
큰 세상 가슴에 안고 큰 걸음을 옮기리

누구의 소리이고 누구의 창작인가
진리는 살아 있고 우리 곁에 존재한다
잊혀진 기억 저편에 초승달로 떠 있다

끝없는 정신 차원 숨 쉬는 진리의 눈
자욱한 안개 걷혀 새 세상 눈을 뜬다
미풍이 어루만지는 밝은 영혼 만개한다

목마름의 사막

사막은 고달프다 태양의 뜨거움과
모래의 적막감이 온몸을 엄습한다
끝없는 고요 속에서 걸어가는 혼자의 길

목마름에 지쳐도 걷고 또 걸어야만
가려는 목적지에 간신히 도달한다
인내로 걷는 자만이 생존하는 자연의 길

눈물의 물 마시는 사막

아프다 말 못하고 살아온 지난 세월
사막에선 병듦이 죽음을 의미한다
치열한 투쟁 속에서 몰락해 간 나의 몸

마지막 한 방울의 땀이라도 짜내어
열사의 극한 고통 극복해 나갔었다
선인장 속을 파내어 눈물의 물 마셨다

문학 12

시인은 감동이란 보석을 생산한다
감동이 없는 시는 혼이 없는 몸뚱아리
묻혀서 보이지 않는 빛을 찾는 시인들

비움 3

무엇을 얻고 싶어 그토록 헤맸던가
모든 것이 허상이요 한 방울 거품인 걸
채워도 채울 수 없는 깨져 버린 항아리

채울 수 없다면 차라리 비워야지
끝없이 비워 버려 흔적조차 지워야지
내 삶은 비우기 위해 버둥대는 안간힘

비움 4

비우자 삶의 꿈도 욕망도 기대감도
무엇도 이루지 못한 걸로 보이지만
사실은 모든 것을 다 이룬 것이 비움이다

동심

선녀가 내려와서 목욕을 한다 했던
마을 계곡 맑은 물 숨어서 기다리던
한밤중 큰 나무 뒤편 날개옷을 훔쳤네

옥수수 참외 서리 자루에 가득 담아
동무들과 한입 가득 먹으며 기다렸네
선녀는 안 내려오고 동네 처녀 멱감네

대작(對酌)

막걸리 익어 가는 집안에 봄바람이
불어오면 진달래 한 가지 꺾어 와서
술잔에 꽃잎을 띄워 봄과 함께 한잔하리

세상사 온갖 번뇌 잠시 훌훌 털어내고
계절과 대작(對酌)하여 호탕히 마시면서
시름을 벗어 버리고 봄이 되어 웃으리

자연 1

사람은 자연으로 살아갈 때 행복하다
사람이 자연 안에서 스스로 자연이 될 때
진정한 충만 속에서 훌훌 털고 웃는다

자연 2

인간은 하나의 자연이다 탁한 세상
내 몸은 자연으로 돌아가 자연이 되어
한세상 자연 속에서 자연처럼 살리라

문학을 한다지만

문학을 한다지만 생활은 비문학적
이성이 감성을 제어하고 조종한다
정상적 시간 보내지만
비정상을 꿈꾼다

예술적 인생은 어디 있고 무엇인가
작품이 뛰어나면 예술적인 삶일까
억압된 시간 속에서
글만 쓰면 작가일까

냉정한 이성 속에 감성을 추구한다
감성적 작품도 절제 속에 완성된다
그래도 아쉬운 것은
절제 아닌 분출하는 삶

작품 속 낭만은 작가의 생활일까?
취하고 사랑하고 환상이 번득일까?
실상은 대부분 시간이
쓰기 위해 흐른다

작가의 생활이란 일하고 남는 시간
구상하고 집필하고 좀 쉬다 또 쓰고
낭만의 향기라고는
찾아보기 힘들다

노동

길고 긴 노동 후에 맞이하는 저녁 바람
한잔의 술도 없이 혼자서 보내지만
콧등을 스쳐 지나는 바람 내음 향긋하네

폭염 속 노동 후에 고단함이 밀려들고
곰삭은 몸을 앉혀 시 한 수 떠올리면
피로는 잠시 떠나고 바람 한 줌 머무네

동치미

어릴 적 겨울이면 동치미 익어 갔지
이북의 신의주가 고향인 울 아버지
동지 밤 동치미 국수
함께했던 순간들

가족은 생과 사로 피맺힌 이별 고백
피난 때 동치미도 맛본 지 오래됐지
눈 내린 뒤란 장독대
향수 속에 남았지

새벽

어두운 새벽이면 언제나 잠이 깬다
방에서 걸어나와 새벽별을 살피다가
무언가 쓰기 위해서 생각 속에 잠긴다

밤에는 피곤해서 글쓰기가 어려웠다
고민을 거듭하다 새벽을 떠올렸다
맑아진 정신 속에서 진주조개 찾았다

"시인은 광기의 미학으로 영혼의 집을 짓는 우주의 귀족이다."

–김시화 시인의 시조집 『그대 위한 사막』의 시세계

정유지

(한국시조문학진흥회 이사장)

1. 물이 초록을 데려오듯, 시인이 광기(狂氣)를 불러내다

김시화 시인은 강원도 정선군 신동읍 출생으로 강릉고등학교와 강원대학교를 졸업한 수재이다. 운문과 산문의 경계를 넘나들며 주옥같은 작품을 생산해 내는 문학적 역량을 통해 절정의 기량을 과시할 만큼 무르익은 예술의 경지에 도달해 있다. 김시화 시인은 시조전문지 계간 『시조문학』 당선, 종합문예지 월간 『문학세계』에서 시, 동시, 동시조 부문뿐만 아니라 수필, 소설 부문에도 당선되는 등 전 장르를 싹쓸이하는 천재적인 감성을 발휘한다. 즉, 작가로서 창과 방패라는 문학적 무기를 모두 가지게 된 것이다. 작가 김시화는 시인, 시조시인, 아동문학가, 수필가, 소설가라는 종합문학인의 전무후무한 그랜드슬램(Grand Slam) 달성을 계기로 본격적으로 창작에 몰두하게 된다. 그 결과로 계간 『시조문학』 작가상, 이해조문학상 시조 부문 수상, 시세계문학상 시조 부문 본상을 수상하는 등 한국시조문단에서 큰 활약을 펼쳤다. 그동안 (사)한국시조문학진흥회, 문학세계문인회, 강원문인협회, 강원시조문학회, 영월 동강문학회, 달빛시조문학회 회원 등 왕성한 활동을 전개해 오기도 했다. 한편 김시화 시인 특유의 세련되고 유려한 감성으로 김삿갓 축제 문집 『노루목 구절초』를 비롯해 문학세계 동인 작가집 『하늘비 산방』에 공동저자로 참여해, 독자들로부터 눈길을 끌기도 했다. 김시화 시인은 고독과 번뇌로 출발하여 언어의 조탁을 통해 형상화시킨 시적 언어들이 비단을 수놓은 것 같은 선명한 이미지의 꽃들을 피워 내고 있을 뿐만 아니라, 철학적 성찰로 빚어낸 선 굵은 시적 안목들이 반짝반짝 빛나면서, 독자의 마음을 사로잡는 사막 위에 뜬 북극성을 그려내고 있었다. 특히 지상에 내놓은 금번의 처녀 시조집 『그대 위한 사막』에서는 물이 초록을 데려오듯, 시인의 감성이 광기의 미학을 불러내어 새롭게 영혼의 집을 짓고 있었다. 이른바 김시화 시인은 우주의 귀족으로 대변신해 있었다. 심지어는 '한국판 시인 랭보', '사막 위의 남작'이란 닉네임까지 지상에 남겨 놓았다.

김시화 시인의 시적 세계는 크게 두 가지 경향을 보이고 있다.

첫째, 끊임없이 사유하는 고통 속에서 빚어낸 낯선 광기의 이미지를 통해 새로운 육질의 언어를 생산하며 대중과 끝없는 소통의 집 한 채를 설계하고 있다. 또한 수수하고 순수한 삶 속에서 인간의 짙은 향기를 발산해 내고 있다. 그런 가운데 체념이나 절망에 빠져 헤어 나오지 못하는 상태 즉, 허무주의(虛無主義, Nihilism)를 사상적 근간으로 삼고 있다. 기성의 가치 체계와 이에 근거를 둔 일체의 권위를 부인하고 음산한 Nihill('허무'의 라틴어)의 심연을 직시하며 살려는 사상적 입장이다. 우주 · 인생의 진상을 무(無)에서 보려고 하는 사상은 노자(老莊)의 무위자연(無爲自然) 사상이나 불교의 제행무상(諸行無常) 사상에서도 볼 수 있다. 자각적인 감성과 창조적 상상력으로 빚어내고 있는 선명하고 특성화된 서정미학의 언어와 콜라의 기포처럼 톡톡 쏘아올리고 있는 감각적 시어들이 따뜻한 휴머니티(Humanity)마저 형성시키고 있다.

둘째, 한국판 시인 랭보(Jean Nicolas Arthur Rimbaud)라는 닉네임처럼 천재적 행보를 서슴없이 보여 주고 있다. 인간을 속박하는 모든 것에 저항하는 삶을 육화(肉化)의 단계를 통해 재생산하고 있다. 시대를 관통하는 강렬한 시어, 낯설고 생경한 미적 감각으로 날카롭고 예리한 메시지를 발산하고 있었다. 고통스러운 언어 탐색과 탐구가 그 속에서 진행되고 있음을 알 수 있었다. 결국 그는 우리 시대의 사막을 걷는 순례자의 길을 선택한다. 그가 그 사막에서 신음하고 고뇌하는 자들의 나침반이 되는 문학적 결정체를 탄생시키고 있는 것이다. 아울러 김시화 시인의 정신세계는 맑고 깨끗한 영혼의 향기가 출렁인다. 현실에서 출발된 시적 관찰력을 바탕으로 끊임없이 인간과 자연을 연결시킴으로써 일정하게 미적 거리를 유지하고 있다. 김시화 시인은 맑은 거울과 고여 있는 잔잔한 물 즉, 명경지수(明鏡止水)와 같은 삶 또한 작품 안에 투영시키고 있다. 고요하고 맑은 마음이 담겨진 무결점 감성의 오아시스를 담보하고 있다. 여기서 명경(明鏡)은 『장자(莊子)』 「덕충부(德充符)」의 '거울이 밝으면 티끌이 앉지 않는다.' 라는 말에서 유래했다. 이는 '티끌이 앉으면 밝지 못한다.' 라는 말과 통한다. 지수(止水)는 '오직 멈추어 있는 고요한 물만이 제 모습을 비춰 보려는 사람들을 멈추게 할 수 있다.' 에서 유래한다. 김시화 시인의 문학적 세계는 물과 같이 잔잔하고 맑기 때문에 그를 따르는 독자층이 많다는 이야기와도 일맥상통한다. 명경지수는 본래 무위(無爲)의 경지를 지칭했으나, 나중에는 깨끗한 마음을 상징하게 되었다.

"따뜻함은 겨울도 품는다. 그 따뜻함의 근원은 순수의 언어에서 촉발된다."

무릇 말 속에는 맑고 그윽한 향기를 품고 있는 꽃과 같은 모습이 숨겨져 있다. 무미건조함과 인간성이 단절된 사막 또한 품을 수 있는 깨끗한 오아시스가 숨겨져 있다. 더 나아가 사막을 변화시키는 아름다운 소통의 설계도가 숨겨져 있다.

시인은 그 소통의 오아시스 물을 담아 「폭풍의 언덕」으로 독자들을 초대하고 있다.

> 에밀리 브론테는 무엇을 생각하며
> 황량한 언덕에서 외로이 살았을까?
> 그녀는 사랑이 없는 외톨이로 지냈다

한참을 아름다운 브론테의 향기에 빠져
그녀를 사랑하고 그녀에게 사랑받았다
그녀는 시대를 넘어 사랑했던 애가(愛歌)였다

—「폭풍의 언덕」 전문

시인 김시화의 삶은 '폭풍의 언덕' 그 자체였다. 인용된 작품은 지금까지 살아온 삶의 이력을 대변해 주고 있는 작품이다. 강릉고등학교를 졸업한 수재인 김시화 시인의 삶은 단 한 번도 행복한 적이 없었다. 고난과 고통을 즐기며 살아야 하는 운명의 배에 승선해야 했다. 청년 시절 부친과 동생의 갑작스런 죽음으로부터 촉발된 슬픔은 그를 늘 니힐리스트의 테두리 속에 가두어 놓는 중심추 역할을 했다. 랭보와 같은 천재적 감성을 저장한 채 시와 시조, 수필과 소설, 동시, 동시조에 이르기까지 거의 모든 영역을 넘나들게 만들었고 결국 그를 광기의 이데올로기(Ideologie)를 분출시키는 분화구로 자리매김하게 되었다. 시인은 원작 『폭풍의 언덕(Wuthering Heights)』 저자인 에밀리 브론테(Emily Brontë)를 텍스트에 등장시켜, 작가와의 대화를 시도하고 있다. 원작 『폭풍의 언덕』에 등장하는 인물 '캐더린'을 사랑한 '히스클리프'와 비유될 수 있는 시적 장치를 구가하고 있다. 이는 에밀리 브론테를 사랑한 서정적 자아 '나'를 동시에 부각시킴으로써 시적 긴장감을 증폭시키고 있는 것을 통해 확인할 수 있다. 더구나 외톨이인 '히스클리프'를 '나'로 확장시키고, 더 나아가 캐더린의 향기와 비유할 수 있는 에밀리 브론테의 향기를 오버랩시킴으로써 아름다운 사랑의 노래를 울려 퍼지게 만든다. 시인은 폭풍의 언덕을 사랑의 노래를 발현시킨 삶의 또 다른 유토피아(Utopia)로 규정하고 있는 것이다.

시인은 폭풍 여행을 마치고 「청령포」에서 여장을 풀고 있다.

슬픈 넋 침묵 속에 그리움 노래하고
역사의 뒤안길에 한 맺힌 탄식이여
어린 왕 세월을 돌아 새 되어 날고 있네

청령포 구석구석 숨어 있는 아픈 영혼
비 오듯 흐느끼는 관음송의 슬픈 몸짓
만고의 외로운 임금 고통 속에 떨어지니

피울음 흘러가는 서강의 눈물이여
한양을 향해 가는 분노의 푸른 서슬
원한의 핏빛 진달래 산자락에 피어 있네

깎아지른 절벽 위의 설움 맺힌 망향대를
휘둘러 돌아가는 청령포의 물길은
사무쳐 메아리 치는 통곡하며 흘러간다

–「청령포」 전문

시인은 역사적 애환의 장소인 영월의 '청령포(淸泠浦)'를 세상에 알리고 있다. 단종의 아픔을 대변하는 관음송의 슬픈 몸짓, 피울음 흐른 서강의 눈물, 한양을 향한 진달래의 서슬 푸른 분노, 설움의 망향대를 휘둘러 통곡의 메아리마저 수놓고 있는 것이다. 한마디로 청령포 엘레지(Elegy)를 노래하고 있는 것이다. 강원도 영월군 남면 광천리 청령포는 눈물과 한이 맺힌 역사의 현장이다. 어린 나이에 세조에게 왕위를 빼앗긴 단종의 유배지로 잘 알려진 장소이다. 서쪽은 육육봉의 험준한 암벽이 솟아 있고 삼면이 강으로 둘러싸여 섬과 같이 형성된 곳이다. 단종의 어가 주변에 조성된 크고 오래된 소나무림이 270° 돌아 흐르는 서강과 어우러져 자연 경관이 뛰어난 곳이다.

현재 청령포에는 천 년의 숲으로 지정된 청령포 수림지, 단종 유배 시의 설화를 간직하고 있는 천연기념물 관음송, 한양에 두고 온 왕비 송씨를 생각하며 쌓아 올렸다는 망향탑과 한양을 바라보며 시름에 잠겼다고 전하는 노산대 등 단종의 흔적이 남아 있다. 조선의 제6대 국왕인 단종은 조선 시대뿐 아니라 한국사 전체에서 가장 비극적인 운명의 국왕이었다. 1인 지존의 위치에 오르기 위한 첨예한 권력 투쟁은 대부분 건국 초기에 빈번하게 발생한다. 조선이 개창된 지 꼭 60년 만에 12세의 어린 나이로 등극한 단종은 권력의 공백이 빚어낸 왕위 계승의 희생양이 되었다. 영월의 장릉(莊陵)은 처음부터 왕릉으로 조성된 곳이 아니고 암매장되었던 곳을 왕릉으로 조성하였기에 다른 왕릉과는 많은 차이점이 있다. 시인은 장릉과 청령포가 있는 영월을 누구보다 아끼고 사랑할 만큼 애착을 가지고 있다. 청령포를 통해 단종과 영월을 어필하고 있는 것이다.

시인은 고립주의를 배척한다. 소통 시대의 중요함을 자성(自省)의 목소리로 일갈하고 있다. 「벽」에서 이를 확인할 수 있다.

우리는 누구나 서로에게 벽이다
그 벽은 높이와 관계없이 삭막하다
조금씩 벽을 허물 때 소통의 문 열린다

–「벽」 전문

일반적으로 벽(壁)은 ①방이나 집 등의 둘레를 막은 수직 건조물. ②극복하기 어려운 곤경이나 장애, 한계 따위를 비유적으로 이르는 말. ③사물의 관계나 교류를 가로막는 것을 비유적으로 이르는 말 등으로 정의할 수 있다. 시인은 열거한 항목 중 ①보다는 ②, ③의 벽을 허물 때 소통(疏通)의 문이 열린다고 표현하고 있다. 소통은 ①사물이 막힘이 없이 잘 통함. ②의견이나 의사 따위가 남에게 잘 통함 등으로 풀이할 수 있다. 한자로 풀어 보면 疏(트일 소), 通(통할 통)인데 즉, '트여서 서로 통하는 것'을 의미한다. 시인은 누구나 서로에게 벽이 있으며, 그 벽은 높이와 관계없이 삭막함의 원인이 되기에, 그 벽을 시나브로 허물 때, 소통의 장대한 문이 열린다고 강한 어조로 메시지를 보내고 있다. 짧은 단시조이지만 시적 원숙미를 물씬 느끼게 한다.

시인은 허무주의의 도구인 절망을 삶에 삽입한다. 이에 「절망」 선포식을 감행한다.

절망의 끝에 서서 하늘을 바라본다
죽음의 옷자락이 절망보다 가볍고
공허로 가득 찬 하늘 별빛 하나 스친다

매일이 절망이고 매일이 죽음이다
절망과 죽음 사이 무게를 재어 보면
희망이 가로막아서 그 중량을 알 수 없다

오늘은 절망 속에 내일은 죽음 속에
청령포 길들마다 굴러가는 수레바퀴
절망이 역사를 돌아 나에게로 와 닿았다

—「청령포의 절망」 전문

우리에게 알려진 절망(絶望)이란 ①희망이 없어져 체념하고 포기함. ②[철학] 인간이 극한상황을 맞아 자기의 한계와 허무함을 자각할 때의 정신 상태 등을 뜻한다. 무릇 절망은 불투명함에서 온다. 프랑스 철학자 장 폴 사르트르(Jean-Paul Sartre, 1905~1980)는 'Human life begins on the other side of despair(인생은 절망의 이면에서부터 시작된다)' 고 강조했다. 독일 작가 헤르만 헤세(Hermann Hesse, 1877~1962)는 'God does not send us despair in order to kill us; he sends it in order to awaken us to new life(신은 우리를 죽이기 위해 우리에게 절망을 내려 보내는 게 아니다. 절망은 우리가 새로운 삶에 눈을 뜨도록 하기 위한 것이다)' 라고 말했다. 시인은 사르트르의 말처럼 인생의 이면으로 절망을 선택하고 있다. 절망의 끝에서 만난 죽음의 레이스 안에는 공허로 가득찬 별빛을 받아들이고 있는 가운데, 매일매일 가늠할 수 없는 죽음과 절망의 무게를 지고 있음을 단언하고 있다. 희망이 그 중간을 가로막아 죽음과 절망의 중량을 알 수 없음을 피력하고 있다. 오늘은 절망의 구역으로, 내일은 죽음의 구역으로 설정하면서 모레는 희망의 수레바퀴를 굴릴 것 또한 암시하고 있다. 이에 절망이 돌고 돌아 희망의 꽃을 피우게 됨을 역설하고 있는 셈이다. 스스로 절망과 죽음의 소용돌이 속에 버려지는 한계상황을 즐기고 있는 것이다.

시인은 그리움을 찾다 바닷가 「나를 치유하는 안개」에 마음이 끌린다.

밤안개 소리 없이 자욱이 밀려오고
불면의 밤 지새다 너무나 지쳐 버려
가만히 안개 속으로 지친 몸을 넣는다

치유가 불가능한 듯 보이는 몸이지만
안개는 기적처럼 기운을 불어넣고
망가진 고철덩이를 용광로에 녹인다

안개는 액체로 다시 합친 새 몸에
바람을 불어넣어 형태를 완성한다
눈부신 치유의 힘에 등대불이 켜진다

—「나를 치유하는 안개」 전문

안개는 자연치유의 첨단이다. 안개는 재생의 숲이다. 안개는 거대한 치유의 에너지를 가지고 있다. 시인은 강릉 바다의 해무와 춘천의 소양호 증기안개에 익숙해져 있다. 아니 길들여져 있다. 그 속에서 사람들이 만들어지고 걸출한 작가들이 만들어지고 있음을 직감하고 있다. 시인은 불면으로 지쳐 버린 인간의 육체를 안개 공화국에 넣는다. 치유가 불가능해 보이는 육체지만 기적처럼 인간의 본래 모습으로 되살아나는 체험을 한다. 여기서 본래 모습은 무엇일까. 휴머니티(Humanity)의 회복이라 할 수 있다. 더불어 망가진 고철덩어리를 재생해 내는 용광로가 바로 안개라는 사실을 인식해 낸다. 존재론적 자기 인식인 것이다. 아울러 액체로 새롭게 합쳐진 안개에 바람의 동력을 불어넣으면, 등대의 불빛을 되살리는 눈부신 치유의 힘을 세상에 내놓고 있음을 노래하고 있는 것이다. 보통의 안개는 ①지표면 가까이에 아주 작은 물방울이 김처럼 부옇게 떠 있는 현상이다. ②어떤 사실이나 상황이 가려 있거나 드러나지 않아서 모호한 상태를 비유적으로 이르는 말이다. ③눈에 어리는 눈물을 비유적으로 이르는 말이다. 시인은 안개의 현상이나 개념을 말하는 것이 아니라, 안개의 무한한 잠재력을 부상시키고 있으면서 안개의 정신적 치유력을 꼬집고 있는 것이다.

안개는 다양한 스펙트럼을 가지고 있다. 모자이크 처리하는 장면으로부터 새로운 삶의 탄생과 안개 주민등록증을 발급하는 일까지 수행한다. 안개는 지표 근처에 만들어진 구름이다. 국제적으로 가시거리가 1㎞ 이하인 것을 '안개'라고 하며 공기 온도가 이슬점 온도 이하로 내려갈 때 만들어진다. 땅이 복사에 의해 공기 중으로 열을 빼앗겨 온도가 이슬점 이하로 내려가 발생하는 것 '복사안개'다. 날씨가 추워진 다음에 따뜻하고 습도가 높은 공기가 차가운 공기와 만나 갑자기 식으면 '이류안개'가 발생한다. 바다에서 불어오는 따뜻하고 습기가 많은 바람이 산맥 쪽으로 불어 경사면을 따라 올라가게 되면 팽창하면서 식어 '활승안개'를 만든다. 따뜻한 호수, 연못, 목욕탕 등의 상부에 차가운 공기가 있으면 '증기안개'가 발생한다. 바다에서 발생하는 증기안개는 '해무'라고 부른다. 작은 물방울이 가시거리에 약간의 영향을 주는 안개를 '박무'라고 부른다. 시인은 안개의 힘을 예언하는 메시아적 전언으로 회색의 세속 도시조차 품어 줄 따뜻한 수사(修辭)와 같은 에너지를 분사시키고 있다.

2. 휴머니티의 회복! 광기의 모래사막에서 오아시스를 건져 올리다

김시화 시인은 세속의 티끌 하나 묻어 있지 않은 순수 그 자체를 지닌 사막 속의 오아시스를 상징한다. 더불어 사막 속 친구와 같은 바람의 남작에 비유할 수 있다. 시인은 산업화의 물결을 타고 만연된 물질 만능주의를 거부할 뿐 아니라, 이를 추구하는 문명의 이기 현상을 진단하고 있다. '돈이면 안 되는 것이 없다'는 타락의 문화에 길들여지고 있는 이 시대를 향해 휴머니티를 되찾을 것 또한 주문하고 있다. 동시에 비움의 미학을 통해 일상생활 속에서 제대로 보지 못하고 간과해 버린 우리 허무한 작은 존재들의 진면목을 찾아서 희망을 주입시키고 있다. 김시화 시인은 마치 '죽는 것이 사는 길'임을 내면에 인식하고 있으면서, 절망과 죽음을 한 몸에 지닌 우리 시대의 진정한 천재 시인 랭보의 캐릭터를 연상시키고 있다. 시인은 앞서 밝힌 바와 같이 무미건조한 사막과 같은 현실을 횡단하는 순례자의 모습을 지닌 영혼의 귀족이다. 더불어 자신을 비워 내는 철학적 사유와 자기반성을 통해 냉소적 자세 역시 유지하

고 있다.

시인은 텅 빈 가슴의 사람일수록 새로운 집을 만들 것을 호소하고 있다. 자유로 치장한 영혼의 침실을 그 속에 들여놓고 있는 것이다. 순수 자아가 상실되고 있는 회색 도시를 향해 경고성 메시지를 보내고 있다.

시인의 입술은 회색 도시의 「빈집」을 읊조리고 있다.

한동안 깊은 잠에서 깨어나고 싶지 않다
불면의 밤들 속에 무한의 공포감들
감옥의 창살에 갖힌 가엾은 내 영혼

밤이면 찾아오는 지독한 고립감들
외롭고 서러워서 소리쳐 불러 본다
빈집에 넘어져 있는 갇혀 버린 내 가슴

—「비어 있는 청령포」 전문

집은 사람이나 동물이 거주하기 위해 지은 건물로, 보통 벽과 지붕이 있으며, 추위와 더위, 비바람을 막아 준다. 좁은 뜻으로는 인간이 사는 집, 곧 주택(住宅)만을 가리키기도 한다. 집은 기후의 변화 등 외부 환경으로부터 가족의 생명과 재산을 보호하여 안전하게 지켜 주는 공간이다. 또 가족 간에 사랑과 믿음을 유지시켜 주는 곳이다. 만약 누군가 혼자 고립되어 있는 집에 있을 때, 그것은 사람이 사는 집이라는 표현보다 오히려 빈집이 더 어울리는 말이다. 누구도 찾지 않는 곳, 그곳은 불면의 밤들이 가득하고 무한의 공포감이 즐비한 장소이다.

감옥의 창살에 갇힌 영혼의 슬픔 또한 배어져 있다. 혼자 맞이하는 밤마다 지독한 절대 고독 때문에 외로워하고 서러워한 이 세상에 얼마나 많은가. 그런 빈집에 갇혀 넘어져 있을 때, 불안과 우울함을 동반하면서 외톨이처럼 홀로 세상을 떠날 수밖에 없음을 노래하고 있는 것이다. 죽음과 절망을 통해 희망의 의미를 가졌던 모든 것과의 결별로 인해 공허해진 내면을 '빈집' 으로 형상화하고 있다. 현실의 것들과 단절된 화자의 처지를 그리고 있다.

시인은 특별한 모습으로 「수행」을 실천하고 있다.

매일이 수행이고 인내의 노력이다
끝없는 인고의 길 하나를 향해 있네
진리의 어여쁜 여인 해탈길에 서 있네

덧없는 욕망의 여로 그 끝은 파멸이고
무절제한 육체의 쾌락 뒤엔 아귀들이
영혼을 찢어 버리며 비수처럼 웃고 있네

절제와 무절제의 틈새에서 수행하네
유혹과 참음의 힘 사이에서 방황하고
깨달음을 허무 속에서 허무 잊고 찾았네

유혹을 이겨 내는 진리의 아름다움
본능을 자극하는 여인의 벗은 몸도
수행의 깊은 속내를 벗기지는 못하리

높으신 관세음보살 여인으로 변신해
매일 밤 농염한 살의 향기 뿜어내어
외로운 수행자 몸이 용암처럼 들끓네

보살님 끌어안고 꿈속에서 뒹굴다가
살며시 웃음 지며 합장으로 예 갖추니
신비한 염화미소(拈華微笑)로 수행자를 비추시네

여인의 향기 속에 진리의 노를 젓고
시험을 이겨 낸 몸 해탈 향해 한 발 걸으니
멀고 먼 득도의 길목 햇살 한 줌 보이네

―「수행」 전문

수행(修行)은 불교에서 정신 단련에 관한 용어 중 하나이다. 재산 · 명예 · 성욕 등 인간적인 욕망(상대적 행복)에서 해방된, 살아 있는 것 자체에 만족감을 얻을 수 있는 상태(절대 행복)를 추구하는 것을 말한다. 인용된 작품을 통해 알 수 있듯이 시인에게 있어 수행은 인고의 길이고 해탈의 길이다. 욕망은 파멸을 낳고 육체의 쾌락은 영혼을 찢어 버리고 있음을 밝히고 있다. 수행은 절제와 유혹의 참음이다. 그리고 유혹을 견뎌 내는 진리의 아름다움이다. 수행자는 관세음보살의 살 내음을 먹고 산다. 또한 정욕을 탐하지 않고 합장의 예를 갖춰야 한다. 결국 진리의 노를 젓고 해탈을 향해 가는 득도의 길목이 수행인 것이다. 동시에 시인은 수행의 마음가짐으로 시적 대상을 바라볼 때 비로소 '무슨 일이든지 다 통하여 모르는 것이 없다'는 무불통

달(無不通達)의 경지에 도달할 것이다.

시인은 술에 대한 기억이 남다르다. 「술의 향기」에서 확인할 수 있다.

> 난 항상 술 취하면 우울의 꽃이 핀다
> 취할 때 피는 우울 사탕같이 달콤하다
> 나에겐 주신(酒神)이 주신 술의 향기 가득하다
>
> 이태백 재생하여 나에게 임하였고
> 김삿갓 부활하여 술 한 잔 대작한다
> 술 없는 적적한 세상 사막보다 황량하다
>
> 윤리적인 도덕적인 사람이 왠지 싫다
> 그들에겐 사막의 향내가 넘쳐난다
> 자유의 막걸리 한 잔 명언보다 더 좋다
>
> —「술의 향기」 전문

누구나 술에 취하려면 술잔을 비워야 한다. 사람들이 술에서 구하는 것은 함께 나누게 만들어 주는 넉넉함이다. 시인은 취할수록 우울도 사탕처럼 달콤하다고 말한다. 주신(酒神)의 향기가 가득하다고 덧붙인다. 바커스(Bacchus) 술의 신을 말하는 로마식 이름이다. 그리스신화에서는 디오니소스(Dionysus)라고 불린다. 디오니소스의 어원은 '완전한 신'이라는 뜻을 지닌다. 디오니소스는 이외에도 '어머니가 둘인 자'라는 뜻의 디오메트로, '광기를 불어넣는 자'라는 뜻의 마이노미노스라는 별칭을 가지고 있다. 시인은 완벽한 신과 같은 시인이 되기 위해 광기를 불어넣는 술의 향기에 심취한다. 한편 시인은 윤리적이고 도덕적인 사람을 배격한다. 광기가 거세되거나 부재 처리된 자로 바라보기 때문이다. 작위적인 사막의 향내가 넘쳐나고 있는 존재들로 인식한다.

중국 당나라 이태백이 살던 1,300년 세월과 조선의 풍류가객 김삿갓이 살던 200년 세월쯤은 가볍게 넘나드는 술의 향기는 인간의 향기를 불러낸다. 그들과 함께 기울일 수 있는 자유로운 막걸리 한잔의 감흥은 명언보다 더 좋을 수 있음을 시사해주고 있다. 특히 한자가 만들어진 재미있는 원리를 살펴보면, 기장과 쌀로 빚은 술의 달고 향기로운 맛을 '향기 향(香)자'로 표시했음을 확인할 수 있다. 즉, 술의 향기인 것이다. 술(酒)은 에탄올 성분이 있어서 마시게 되면 취하는 음료의 총칭을 말한다. 약 9,000년 전 메소포타미아에서는 이미 맥주를 만들어 마셨다. 와인은 고대 그리스 시대에 지중해 연안 곳곳에서 생산되었다. 한국에서는 삼국시대 이전부터 술을 만들어 먹었다. 소주는 고려 시대 원나라를 통해 들어왔다.

시인은 막걸리 한잔을 마시고, 머나먼 「그대 위한 사막」을 건너고 있다.

> 의미 없는 하루가 모래처럼 부서진다
> 이유를 알 수 없는 존재의 허무함
> 빈곤한 일상의 시간 또 하루가 저문다

비처럼 구름처럼 인생을 살고 싶었지만
건조한 인생길을 비도 없이 구름도 없이
사막의 낙타가 되어 터벅터벅 걸었다

인생의 대부분은 풀도 없는 사막이었다
낮이면 폭염 속을 힘겹게 걸어가고
밤이면 혹한 속에서 별을 보며 울었다

고독한 사막에선 바람이 친구였다
뜨겁고도 차가운 모래에서 부는 바람
이 세상 소식 전하며 나와 함께 웃었다

–「그대 위한 사막」 전문

시인은 의미 없는 하루가 반복되는 모래사막을 걷고 있다. 존재의 허무함과 빈곤의 일상을 온몸으로 받아들이고 있다. 비처럼 구름처럼 살 수 없는 현실의 괴리를 실감하며 낙타처럼 순례자의 길을 걸어가고 있다. 풀도 없는 인생과 같은 사막에서 작열하는 폭염과 싸운다. 밤마다 온도 차에 의한 혹한마저 느끼며, 별을 보고 수없이 운다. 고독한 사막에서 만난 친구는 여우도 아닌 뜨겁고 차가운 모래에서 부는 바람이었다. 뜨거운 열기와 차가운 한기를 동시에 체험하게 만든 사막의 바람 속으로 웃음소리를 묻고 있다. 어쩌면 우리 시대의 열기와 냉소를 두루 체험하게 만든 타산지석(他山之石)의 장치라 할 수 있다.

사막(沙漠/砂漠)은 연중 강수량이 적은 데 비해 증발량이 많아 초

목이 거의 자랄 수 없는 불모의 토지이다. 극심한 건조 기후로 비가 아주 적게 내려 식물이 거의 자라지 못하며, 드문드문 오아시스(Oasis)가 있다. 사막은 크게 표면 구성 물질에 따라 암석사막, 모래사막, 자갈사막, 소금사막 등으로 나뉜다. 일반적으로 연평균 강수량이 250mm 이하인 지역을 사막이라 정의한다. 사막은 식물이 살기에는 매우 열악하며, 드물기는 하지만 식물이 전혀 살 수 없는 곳도 있다. 시인에게 있어서 사막이란 종점을 향해 매일매일 달려가는 괴로움과 즐거움의 순간임을 구현해 내고 있는 공간이다. 지구 온난화 영향으로 빙하는 사라져가고 사막은 늘고 있는 오늘날 상황에서 밤마다 별을 바라보며 울고 있는 시인의 자성적 목소리에 주목하지 않을 수 없다.

김시화 시인의 「그대 위한 사막」은 허무와 빈곤의 일상을 반추해 내고 있다. 인간의 본성이 거세된 삶으로 인해 폭염과 한기의 모래바람을 스스로 받아들일 수밖에 없는 낙타처럼 순례자의 길을 부각시킨다. 사막의 바람을 친구로 설정하고 한계상황을 '별'로 형상화시키고 있다. 현실의 것들과 고립된 화자의 삶을 그려내고 있다. 「그대 위한 사막」은 한 세기에 나올까 말까 할 정도의 실존 미학이 표출된 수작(秀作)이라 할 수 있다.

어느덧 시인은 「혼돈」에 대한 기억을 풀고 있다.

> 마음이 혼란하면 피곤이 밀려들고
> 알 수 없는 공포가 영혼을 물들인다
> 육체와 정신 사이에 소용돌이 맴돈다

선택과 선택 사이 혼돈이 존재하고
정의와 정의 사이 모순이 파고든다
세상에 확실한 것은 생각보다 적었다

-「혼돈」 전문

시인은 마음의 고요가 깨지면 영혼을 물들이는 공포가 엄습해 오고 무질서의 소용돌이가 칠 수 있음을 클로즈업시키고 있다. 선택과 선택 사이에 모순이, 정의와 정의 사이에 혼돈이 파고들고 있음에 일침을 놓고 확신한 결론을 낼 수 없는 세상임을 부각시키고 있다. 여기서 혼돈(混沌, Chaos)은 온갖 사물이나 정신적 가치가 뒤섞이어 갈피를 잡을 수 없음 또는 그러한 상태이다. 또한 하늘과 땅이 아직 나누어지지 않은 태초의 상태를 뜻한다. 카오스는 그리스신화에 등장하는 그리스 태초 신 중 하나이며, '텅 빈 공간' 또는 '대공허'를 의미한다. 카오스는 형편없는 무질서, 천지창조 이전의 혼돈 상태를 말한다. 논리정연하지 않고 무질서의 형태로 대공허를 유발하는 혼돈의 우리 시대를 시인은 질타하고 있는 것이다.

"건조한 모래사막을 걸어갈 때 가슴속에 별을 그리면, 그 바람으로 시원한 오아시스를 노래할 수 있다."

김시화 시인은 회색 도시에 오염되어 방황하는 영혼을 구원하는 실존의 메시지를 남기고 있다. 절망과 죽음 그 자체를 즐기면서 희망의 이면으로 바라보고 있다. 그 속에서 영혼의 유토피아를 건설하려는 역량 있는 시적 안목도 지니고 있다. 이에 시인은 낯선 광기의 이미지를 발화시키고 랭보와 같은 천재적 감성으로 빚어낸 사막의 오아시스를 지상에 선보이고 있는 것이다. 광기의 미학으로 영혼의 집을 짓는 우주의 귀족임을 확인시켜 주고 있다.